L'ASSASSIN,

OU

L'HÉROISME FILIAL,

DRAME EN TROIS ACTES ET EN PROSE,

PAR **LORANS**, DE BREST.

Représenté pour la première fois en Août **1835**, dans un Collége du Finistère, par les Élèves de rhétorique, à la Distribution des Prix.

PRIX : 60 CENTIMES.

Au Profit des Pauvres.

A BREST,
CHEZ **P. ANNER** et **FILS**, Libraires, rue Royale, 54.

1835.

PERSONNAGES.

SAINT-ALBIN.
EUGÈNE, VICTOR, PAUL, ses enfans.
RINALDO.
LE LIEUTENANT CRIMINEL.
FÉRAND, aubergiste.
UN GÉOLIER.
UN BRIGADIER.
GARDES.

L'ASSASSIN,

OU

L'HÉROISME FILIAL,

DRAME EN TROIS ACTES ET EN PROSE.

ACTE I.ER

Le Théâtre représente une place publique.

SCÈNE PREMIÈRE.

PAUL, VICTOR.

PAUL.

Mon frère, que nous sommes malheureux!

VICTOR.

Hélas! plus malheureux encore depuis notre entrée en cette ville. Arrivés hier soir avec notre vénérable père, inconnus, sans appui, dans la dernière misère, quel sort nous attend? qu'allons-nous devenir?

PAUL.

Cet hôte généreux qui, sans nous connaître, a bien voulu nous accorder un logement, doit-il nous nourrir.... devons-nous à notre tour lui cacher notre position.... et lorsqu'il la connaîtra, ne peut-il pas nous chasser....

VICTOR.

Nous chasser....

PAUL.

Il ne nous reste plus rien.... En route n'avons-nous pas épuisé nos dernières ressources.

VICTOR.

Dans quelle affreuse position nous trouvons-nous ? devions-nous quitter Paris !

PAUL.

Nous, rester à Paris ! que pouvions-nous y faire ? demeurer en butte aux insultes de nos anciens amis, de nos parens mêmes.... As-tu donc oublié, mon frère, l'insolente audace de ces ingrats qui dans notre opulence nous juraient un attachement éternel, et qui, au jour du désastre, nous ont tous abandonnés !

VICTOR.

Mais trouverons-nous ici, mon frère, des cœurs plus sensibles, des âmes plus compatissantes ?

PAUL.

Peut-être non ; mais si du moins nous devons succomber sous le poids de notre misère, étant inconnus, nous n'aurons à rougir devant personne.

VICTOR.

Notre jeune frère ne vient pas ? Ce retard m'inquiète ; où peut-il être ?

PAUL.

Je l'ignore.

VICTOR.

Accablé comme nous, et comme nous témoin des souffrances de notre malheureux père, il est sorti de grand matin dans l'espoir sans doute de trouver quelque soulagement à de si cruelles infortunes: retournons l'attendre auprès de notre père.

PAUL.

Doucement, Victor ; notre père repose. Respectons son sommeil. Hélas ! c'est le seul bien qui lui reste. Quelqu'un vient. Notre hôte : que lui dire ?

VICTOR.

La vérité, mon frère, quoi qu'il puisse arriver.

SCÈNE II.

Les mêmes, FÉRAND.

FÉRAND.

Bien le bonjour, mes jeunes messieurs ; êtes-vous remis de vos fatigues ? n'avez-vous pas besoin de quelque chose ce matin ? votre père, comment est-il ? il dort, n'est-ce pas ? C'est bien naturel, à son âge, après une si longue route ; car vous arrivez de Paris, je crois. J'étais venu pour une petite affaire.... car.... voyez-vous, ma femme est une femme d'ordre.... et puis on veut traiter les gens comme ils le désirent.... nous avons tant vu de voyageurs à pied vouloir être servis comme des voyageurs en voiture. Vous êtes quatre, n'est-il pas vrai ? resterez-vous long-temps chez moi ? combien de repas comptez-vous faire ? quelle dépense sera la vôtre ? quand me paierez-vous ?

PAUL.

Monsieur, notre intention était aujourd'hui même de vous remercier de vos bons offices et de vous demander un simple logement jusqu'à ce que....

FÉRAND.

Tant qu'il vous conviendra, messieurs ; mon établissement est propre, commode et parfaitement tranquille ; vous serez logés tous les quatre et vous partagerez notre table si vous le voulez, tout cela moyennant deux cent quarante francs par mois ; je veux dire huit francs par jour. Car ma femme, qui est une femme d'ordre, aime à voir régler ces petits comptes-là tous les soirs. Ce n'est pas qu'elle soit craintive et méfiante, ma femme ; bien loin de là ; mais voyez-vous nous avons des charges journalières, le commerce ne va pas, et puis ma femme le veut ainsi.

PAUL (à part).

Horrible situation !

FÉRAND.

J'en ai déjà dit deux mots à votre jeune frère qui est sorti de grand matin. Il a l'air bien aimable, votre jeune frère. Une figure si douce, si avenante ! il est vrai qu'il est bien triste ; mais vous-mêmes, qu'avez-vous donc ? ce n'est pas bien d'être soucieux comme cela ; dame c'est qu'ici nous sommes de joyeuses gens, voyez-vous ; ma femme ne veut pas qu'on s'afflige, elle. Je suis vraiment satisfait que vous nous ayez donné la préférence. Votre chagrin y passera, voyez-vous ; elle est fort aimable ma femme. C'était donc pour vous dire que voilà qui est bien convenu, bien entendu, huit francs tous les jours. Je vous demande pardon, messieurs, de vous avoir dérangés ; mais voyez-vous, comme dit ma femme, les bons comptes font les bons amis. Je vous salue bien, messieurs, de tout mon cœur. (*Il sort*).

SCÈNE III.

—

PAUL, VICTOR.

PAUL.

Tu l'as entendu.

VICTOR.

Que trop! Et je t'avoue que je n'ai eu la force ni de l'interrompre, ni de le détromper; il faudra cependant aujourd'hui même lui dire ce qui en est. Il a parlé à notre jeune frère ce matin, et, tu le vois, comme nous Eugène aura gardé le silence.

PAUL.

Je tremble que notre père ne vienne à être instruit de tout cela, il en mourrait de honte et de désespoir. Sans doute il connaît notre position, mais comme nous avons eu soin de lui cacher une partie de la vérité, il ignore qu'il ne nous reste plus une obole, ah! mon frère, mon frère!

VICTOR.

Cet homme nous presse; il veut être payé tous les jours.... ; que faire?... On vient... : c'est notre père... ; pas un mot, un seul mot qui puisse lui faire soupçonner ce qu'on vient de nous apprendre.

SCÈNE IV.

—

Les mêmes, SAINT-ALBIN.

SAINT-ALBIN (les embrassant).

Mes enfans, mes chers enfans, oh! oui, embrassez votre père; qu'avec transport je vous presse dans mes bras, vous, mon seul appui, l'espoir de mes vieux jours!

TOUS DEUX.

Mon père!

SAINT-ALBIN.

Mes enfans, combien vous m'êtes chers!

VICTOR.

Êtes-vous remis, mon père, de ce long et pénible voyage?

SAINT-ALBIN.

Une si longue route est en effet bien pénible à mon âge; oh! oui, je suis bien fatigué, mes enfans.

PAUL.

Cette nuit avez-vous reposé ?

SAINT-ALBIN.

Moi, dormir! lorsque tout le monde nous abandonne? moi, dormir! lorsque je vous vois, mes enfans, sans ressource, sans avenir, prêts avec moi à mourir de faim? moi, dormir! lorsque, manquant du nécessaire, je ne rencontre pas un seul être sensible qui veuille compatir à d'aussi cruelles calamités? moi, dormir! le puis-je? Je ne trouve de charmes qu'à nourrir ma douleur, qu'à répandre des larmes au milieu de vous, mes enfans. Hélas! dans la tombe seule je puis trouver ce repos que nos malheurs rendent ici-bas impossible.

VICTOR.

Mon père, un tel langage nous désespère!

PAUL.

Éloignez de votre esprit une image si affligeante : le sort peut changer.

SAINT-ALBIN.

Je ne conserve aucun espoir. Des amis faux et trompeurs, en nous réduisant à cet excès de misère, n'ont-ils pas encore ajouté à l'ingratitude la plus amère un trait qui complète leur perfidie. Les misérables, ils ont ri de notre position, qui est leur ouvrage ; ils ont insulté à notre indigence. Un jour peut-être ils seront plus à plaindre que nous. Mais c'est pour vous, mes enfans, que ces destins contraires me semblent plus affreux ; pour vous, que je vois attachés à mes pas, qui, jeunes encore, avez à souffrir de mon âge, de mes infirmités.

PAUL.

Oui, mon père, nous sommes jeunes; oui, nous aurons le courage de travailler jour et nuit pour vous soutenir, pour vous soulager.

SAINT-ALBIN.

Je ne doute pas un seul instant des efforts que vous êtes capables de faire pour m'être utiles. Hélas! mes enfans, le courage ne suffit pas. Mais, où donc est Eugène, mon fils, votre jeune frère? il me tarde aussi de l'embrasser.

VICTOR.

Il est sorti dès la pointe du jour.

SAINT-ALBIN.

En vous voyant tous les trois réunis auprès de moi, je me sens moins faible.

VICTOR.

Rentrez, mon père ; nous allons attendre ici notre frère, et tous les trois nous irons près de vous confondre nos larmes et mourir ensemble, s'il le faut.

SAINT-ALBIN.

Que je souffre ! De grâce, ne vous éloignez pas.

SCÈNE V.

VICTOR, PAUL.

PAUL.

Heureux les enfans qui sont dignes de mériter l'amour d'un si bon père !

VICTOR.

Sa douleur me pénètre.

PAUL.

Grand Dieu ! de quel crime nous punis-tu ? Aurions-nous été dans notre prospérité sourds au cri de l'indigence ? aurions-nous négligé la vertu ? aurions-nous été fiers ou dédaigneux ?

VICTOR.

Quand j'envisage notre malheureux sort, je voudrais appeler la mort à mon aide ; dénué de tout, que faire dans ce monde ? La vie est désormais pour moi un trop lourd fardeau, et je ne sais si je ne dois pas à l'instant même.....

PAUL.

Quelle pensée t'égare, malheureux ! Ton père se meurt de misère et de douleur ; tu peux lui apporter quelques secours, et tu cherches à mourir. Eh bien ! poursuis donc ; ajoute à nos malheurs ce malheur de plus.

VICTOR.

Mon frère !

PAUL.

Quand tout le monde le délaisse et le fuit, il espérait trouver en nous des protecteurs ; et tu parles de mourir !...

VICTOR.

Mon frère !

PAUL.

Tu parles de mourir !... et ton père est là...., là...., mourant lui-même, si tu ne lui procures un morceau de pain...

VICTOR.

Hélas ! que me dis-tu là ? Si j'étais le seul qu'accablât la fortune, va, je lui opposerais un cœur aussi ferme que le tien ; mais voir mon père expirer sans secours sous le fardeau des ans et de la misère, le voir en proie à la faim dévorante, vouloir le soulager, et n'en point avoir les moyens !...

PAUL.

Mais Dieu qui nous accable viendra sans doute à notre aide. Crois-tu qu'il puisse voir des cœurs vertueux avec indifférence? Plus l'orage est violent et moins il peut durer. Soumettons-nous, sans murmurer, aux décrets de la providence, et surtout rendons grâces à Dieu, la vertu nous reste : l'excès du courage est de supporter ses maux avec résignation.

VICTOR.

Veux-tu donc que j'aille implorer le riche et me soumettre à ses refus humilians?

PAUL.

Mon frère, nous sommes jeunes et forts, travaillons et n'implorons personne. N'est-il donc plus de champs à cultiver?

VICTOR.

Quoi ! tu veux....

PAUL.

Aux plus rudes travaux je me sens la force de me livrer.

VICTOR.

Mais quelqu'un s'avance, c'est Eugène, c'est mon frère ; qu'il me paraît ému.....

SCÈNE VI.

—

Les mêmes, EUGÈNE.

EUGÈNE (les embrassant)

Mes frères, mes amis.....

VICTOR.

Qu'as-tu donc ?

PAUL.

Ce visage pâle et défait..... tu me glaces d'effroi !.....

EUGÈNE.

Ah ! mes frères !.....

TOUS DEUX.

Eh bien ?

EUGÈNE.

Plus de tribulations, plus de misère.... Mon père est sauvé.....

VICTOR.

Comment ?

PAUL.

Que dis-tu ? sauvé, explique-toi ?

EUGÈNE.

C'en est fait, tout est changé, le ciel m'a inspiré.

VICTOR.

Je ne puis te comprendre.

EUGÈNE.

Notre père est sauvé, vous dis-je, le moyen, je l'ai trouvé. Oui, je l'ai trouvé ; mais sa réussite dépend encore de vous, mes frères.

VICTOR.

De nous, parle, que faut-il faire ?

PAUL.

Je suis prêt à tout.

EUGÈNE.

Je le savais. Jurez-moi donc, quoi que j'ose entreprendre, jurez-moi d'approuver mon projet et de m'aider à le mettre à exécution.

VICTOR.

Oui, je le jure. Parle, ma vie t'appartient.

PAUL.

Oui, je jure ici par Dieu qui m'entend, je jure d'entreprendre tout ce qu'il est en mon pouvoir de faire pour sauver mon père.

EUGÈNE.

Je reçois vos sermens, écoutez-moi donc avec attention : Vous le savez, hier mon père accablé resta long-temps presque sans vie entre mes bras ; enfin le ciel nous le rendit ; toute la nuit ce moment horrible me glaça d'effroi. Ce matin, je m'échappai sans bruit, disposé à tout entreprendre pour sortir de cette affreuse position ; je visitai tous les ateliers, tous les magasins, partout je fus repoussé ; je n'ai rencontré partout que des cœurs secs et froids : partout, mes frères, la plus glaciale indifférence ! Vous le dirai-je, j'ai demandé du pain...., oui du pain, et j'ai encore été repoussé. Dans le désespoir où j'étais, l'avouerai-je, je me sentais capable de commettre un crime peut-être.... mais Dieu ne l'a pas voulu, et je lui en rends grâce! Indigné je revenais près de vous, lorsqu'en traversant la ville, j'apprends tout-à-coup qu'un riche seigneur vient de périr sous le fer d'un assassin, et que son fils promet une riche récompense à quiconque livrera le coupable.

VICTOR.

Je ne te comprends pas.

PAUL.

Quel est ton dessein?

EUGÈNE.

Apprends que cet or, cet or, va nous être compté.

PAUL.

A nous?

VICTOR.

Mais comment? pourquoi? nous ignorons quel peut être le coupable.

EUGÈNE.

Ce coupable, c'est moi......

TOUS DEUX.

Toi!!

EUGÈNE.

Oui, vous dis-je, moi qui vais feindre de l'être, et vous.... soyez mes délateurs.

PAUL.

Tes délateurs!

VICTOR.

Grand Dieu! qu'oses-tu proposer?

EUGÈNE.

J'ai vos sermens et vous êtes dignes de les accomplir. Oubliez-vous donc quel doit être le prix de notre sacrifice.... le salut de notre père.

VICTOR.

Toi, passer pour un assassin!

PAUL.

Mais il faudra porter ta tête sur l'échafaud!

EUGÈNE.

Et que m'importe si j'y monte vertueux et si je sauve mon père?

VICTOR.

Iras-tu donc par une mort ignominieuse déshonorer ta famille?

EUGÈNE.

Le déshonneur n'est que dans le crime; que me font à moi les préjugés des hommes? Quand je ne serai plus, fuyez,

fuyez mes frères; allez avec mon père vivre au loin dans l'aisance et le repos, mais pensez quelquefois à l'infortuné mort pour vous sauver tous.

VICTOR.

Je comprends le sacrifice; mais, dis-moi, pour ce glorieux trépas pourquoi te choisis-tu? ne nous en crois-tu pas dignes aussi?

PAUL.

Comme toi je demande à mourir.

EUGÈNE.

Songez, mes frères, que je suis le plus jeune, que plus que moi vous serez utiles à mon père.

VICTOR.

Il faut, il faut, que le sort en décide.

PAUL.

J'y consens.

EUGÈNE.

Le sort.... vous le voulez.... eh! bien, soit....

Il prend trois papiers sur l'un desquels il marque au crayon une croix noire, les plie et les met dans son chapeau.

Au billet marqué de cette croix, l'honneur de mourir pour son père.

VICTOR.

Comme l'aîné je dois tirer le premier.

EUGÈNE (lui présentant le chapeau).

A toi donc.

VICTOR (tire un billet blanc.)

Hélas! ce n'est pas moi.

PAUL.

Donne je serai plus heureux (*idem*). Le sort me sera donc toujours contraire?

EUGÈNE (à genoux).

Grand Dieu, c'est moi que tu choisis, je t'en remercie!

PAUL.

Jour affreux!

VICTOR.

Cruelle nécessité!! parle.... que faut-il faire?

EUGÈNE.

Marchons, suivez-moi, venez m'accuser, me livrer à mes juges. Et vous aussi mes frères, vous allez avoir un pénible mais un glorieux devoir à remplir!!

ACTE II.

Même décoration.

SCÈNE PREMIÈRE.

EUGÈNE.

Enfin ils sont entrés chez le juge. Ils déposent maintenant contre moi, et dans un instant peut-être je serai arrêté, chargé de chaînes... ô mon père ! je vais mourir pour toi ! Que ce sacrifice de ma vie est peu de chose puisque je parviens à sauver la tienne.... Mais le peuple assemblé sur le lieu de mon supplice va me croire coupable ? il me maudira.... que m'importe : ma conscience n'est-elle pas tranquille? Je meurs de la mort du coupable, mais ne suis-je pas innocent?

SCÈNE II.

Le même, UN BRIGADIER, GARDES.

LE BRIGADIER.

Le voici, qu'on l'enchaîne à l'instant.

EUGÈNE.

Oui, c'est moi ; remplissez votre devoir.

SCÈNE III.

Les mêmes, PAUL, VICTOR,

PAUL.

Arrêtez, que faites-vous !.....

VICTOR.

Par pitié....

EUGÈNE (avec dignité).

Que veulent ces étrangers? Je ne vous connais pas. Marchons, marchons. *(On l'entraîne).*

SCÈNE IV.

—

PAUL, VICTOR.

VICTOR.

Qu'avons-nous fait, mon frère !

PAUL.

Je ne vous connais pas, a-t-il dit; ce mot me rend tout mon courage.

VICTOR.

Comme il peint bien toute la grandeur de son âme!

PAUL.

C'est lui qui va mourir, et c'est lui qui nous rappelle à nos sermens, à notre devoir....

VICTOR.

Vingt fois, lorsque ce juge sévère écoutait notre déclaration, j'ai été sur le point de lui avouer la vérité.

PAUL.

Je ne vous connais pas !!!!

VICTOR.

Le voici, cet or.... grand Dieu, qu'il m'en a coûté pour l'accepter..... Cruelle nécessité!

PAUL.

Mais dis-moi, mon frère, nous venons n'est-ce pas d'accuser notre généreux frère d'un meurtre; sais-tu bien que c'est son arrêt de mort que nous avons prononcé..... C'est nous qui venons de l'assassiner.

VICTOR.

Que ne suis-je à sa place ! Il doit moins souffrir que nous.

PAUL.

Et notre respectable père.... que lui répondre quand il va nous demander son fils......

VICTOR.

Tais-toi, tais-toi, ce dernier trait est le plus poignant de tous.... mon père...

PAUL.

Nous demander son fils.... aurons-nous jamais la force de lui apprendre ce qu'il est devenu !.....

VICTOR.

De lui dire : il est mort, et c'est nous, nous qui l'avons livré à ses bourreaux. Tout mon sang se glace dans mes veines ; Paul je reste anéanti, sans force ni courage.

PAUL.

Mais il va bientôt mourir, lui, l'échafaud l'attend, n'a-t-il donc pas plus de courage que nous ; devons-nous être abattus, lorsque dans la prison il est là qui attend l'heure du supplice. Sa fermeté doit nous rendre la nôtre. Aussi courageux que lui, ne succombons point sous le poids d'une douleur au-dessous de la sienne.

VICTOR.

Paul, tes paroles me raminent ; viens, et déposant cette bourse à mon père rendons-lui la paix et le repos.

PAUL.

Que n'ai-je gagné cet or au prix de tout mon sang ! Quelqu'un vient retirons nous.

SCÈNE V.

Les mêmes FÉRAND.

FÉRAND.

Je vous demande bien des pardons, messieurs, mais il me semble que voici l'heure du repas ; ma femme qui est une femme d'ordre, ma dit : Férand, nos aimables voyageurs ne sont pas rentrés, il faut les attendre pour déjeûner. Nous vous avons attendus, voyez-vous ; mais comme vous n'arriviez pas, j'ai voulu savoir s'il ne vous était rien arrivé de fâcheux. Je suis monté dans la chambre de monsieur votre père, je l'ai prié de venir déjeûner ; il m'a répondu qu'il vous attendrait, et nous aussi, ai-je ajouté, nous les attendrons ; mais ils sont jeunes et forts vos fils, ces retards ne les incommoderont pas a répliqué ma femme car elle était avec moi, vous devez avoir faim, vous n'avez rien pris depuis hier, et à votre âge.... venez, venez, il vaut mieux se mettre à table.

VICTOR.

Oui sans doute. Il doit avoir besoin de quelque nourriture.... il faut à l'instant même....

FÉRAND.

Croyez-vous donc que nous ne connaissions pas notre monde ? Ma femme, qui est une femme d'ordre, a de suite fait monter un bouillon à monsieur votre père qui, après bien des façons, a fini par l'accepter.

PAUL.

Brave et estimable homme!

FÉRAND.

C'était plaisir de le voir. Et, si je n'avais craint de désobliger ma femme, je lui en aurais offert un second. Il a l'air bien souffrant, votre père; ma femme a remarqué qu'il avait dû beaucoup pleurer toute la nuit. Ces femmes, voyez-vous, rien ne leur échappe.... et la mienne surtout a tant d'ordre.... J'oubliais de vous prier de mettre là vos noms sur mon registre : messieurs les gendarmes sont d'une exactitude, et puis voyez-vous, comme le dit fort bien ma femme, il ne faut pas se compromettre. Mais au fait puisque vous allez venir déjeûner.... A propos de gendarmes, il n'est bruit depuis ce matin que d'un meurtre qui vient de se commettre dans les environs. En savez-vous quelque chose?

VICTOR.

Un meurtre.... dites-vous!

FÉRAND.

Ma femme qui l'a appris de sa voisine, n'a pas encore pu me donner de grands détails. Mais elle ne peut manquer d'en apprendre davantage chez sa commère, qui est la cousine du brigadier en chef; cela doit être bien affreux, voyez-vous. Elle va nous raconter cela en déjeûnant; votre père à qui nous venons d'en parler a le plus grand désir également de connaître cette affaire.

PAUL.

Mon père.

FÉRAND.

Oui, votre père. Il est fort sensible à ce qu'il paraît, aussi ma femme m'a-t-elle fait des reproches de lui avoir appris ce fatal événement. Que voulez-vous, on fait pour le mieux; on désire plaire aux voyageurs et leur donner les nouvelles du pays. Mais vous allez venir n'est-il pas vrai?

PAUL.

Quelques affaires nous retiennent encore. Nous vous verrons plus tard. Tenez, prenez toujours cette pièce d'or et empressez-vous de servir à mon père ce dont il peut avoir besoin.

FÉRAND.

De l'or, de l'or, messieurs, je me garderai bien d'y toucher. Si je vous ai parlé ce matin de paiement, voyez-vous, c'est que ma femme qui est une femme d'ordre.... Mais je ne prétends pas du tout vous forcer à vous démunir de votre or. En route c'est une monnaie fort commode; plus tard je ne dis pas.... de l'or.... Mais avez-vous assez d'une seule chambre ? Ma femme me disait tout-à-l'heure que monsieur votre père serait bien plus commodément dans un joli petit cabinet que nous avons donnant sur le jardin. C'est une pièce très-élégante et que ma femme réserve pour les voyageurs qui lui conviennent le mieux. Je vais trouver de ce pas monsieur votre père et j'espère bien....

VICTOR.

De grâce, ne changez rien à nos dispositions et dispensez-vous d'apprendre à notre père....

FÉRAND.

Je m'en garderai bien, ma femme n'aurait qu'à le savoir. Dans notre état, voyez-vous, on écoute tout et l'on ne parle de rien; comptez, messieurs, sur ma discrétion. Mais ne vous faites pas trop attendre. Bien le bonjour.

SCÈNE VI.

PAUL, VICTOR.

VICTOR.

Cet homme vient de jeter le trouble dans mon âme.

PAUL.

Mon père connaît donc une partie de la vérité; mais qu'il est loin de la soupçonner tout entière! Il doit s'étonner de notre absence. Je n'ose me présenter devant lui.

VICTOR.

Il me semble qu'il va pouvoir lire dans mes yeux ce qui se passe dans mon cœur. Son regard me bouleverse d'avance.

PAUL.

Il faut qu'à l'instant même il s'éloigne avec nous de ces lieux.

VICTOR.

Voudra-t-il nous suivre? Et son fils qu'il ne verra pas.... près de lui.

PAUL.

Nous lui dirons qu'il est parti pour la ville voisine... qu'il faut l'aller rejoindre. A tout prix il convient qu'il s'éloigne. Veux-tu donc qu'il soit témoin du supplice de son fils ?

VICTOR.

Que le sort est cruel et injuste de nous traiter ainsi ! quelqu'un vient à nous, éloignons-nous.

SCÈNE VII.

Les mêmes RINALDO (dans le plus grand désordre.)

RINALDO.

Qui que vous soyez ne me perdez pas.... c'est moi.... Je ne vous ferai pas de mal..... je ne vous en veux pas, à vous.... vous ne m'avez pas enlevé celle qui m'était chère.... Mais cachez-moi.... cachez-moi.... je les entends... ils viennent là.... Grâce, grâce.... ne me tuez pas.... (*Il tombe à leurs pieds.*)

VICTOR.

Relevez-vous malheureux jeune homme ; mon frère, il a l'air aussi infortuné que nous.

PAUL.

Tout son corps frissonne, il est froid comme un marbre et cependant son poulx bat avec violence.

RINALDO (se remettant.)

Que me voulez-vous ?.... je ne suis pas coupable, entendez-vous.... ce n'est pas moi.... non.... non.... et pourquoi l'aurais-je assassiné.... assassiné dites-vous.... non.... non laissez-moi.

VICTOR.

Que dit-il mon frère ?

PAUL.

Ne vois-tu pas que c'est un malheureux insensé privé de l'usage de la raison, conduisons-le auprès de mon père, et là prodiguons-lui tous les secours qu'il est maintenant en notre pouvoir de lui accorder.

VICTOR.

Je ne sais, mais l'expression de sa figure me fait frémir, regarde mon frère ces yeux fixes et ce front pâle.

RINALDO (parcourt la scène tout-à-coup.)

Malheureux que je suis ! où fuir ?.... où me cacher ?....

je n'en ai plus la force.... Qui que vous soyez, prenez pitié de moi, vous avez un asile vous, où reposer votre tête.... accueillez-moi, de grâce, pour une nuit.... ah ! une seule nuit.... je ne vous demande rien qu'un morceau de pain et de l'eau.... oui de l'eau.... car j'ai bien soif....

VICTOR.

Calmez-vous, jeune homme, et comptez sur nous, nous sommes bien à plaindre aussi, mais aujourd'hui nous pouvons partager avec vous ce morceau de pain que vous nous demandez.

RINALDO.

Venez, venez vite.... ils pourraient nous voir.... un seul instant peut me perdre.... venez, venez !

PAUL.

Rentrons, mon frère.

RINALDO.

Les voilà.... c'en est fait.... il est trop tard.... mais j'aurai du courage.... je sens qu'il m'en reste encore et beaucoup, voyez-vous, puisque j'existe encore.

SCÈNE VIII.

Les mêmes, GARDES.

UN DES GARDES.

Enfin, nous l'atteignons.... qu'on le saisisse.

VICTOR.

Arrêtez.

LE GARDE.

Vous prenez sa défense ? vous êtes donc ses complices.... qu'on les arrête aussi.

RINALDO.

Un moment, ils me sont inconnus, ils voulaient me secourir sans me connaître, ne leur faites aucune violence. Quant à moi me voilà prêt à vous suivre ; marchons, merci à vous, nobles jeunes gens ; merci, vous alliez m'offrir l'hospitalité ; merci, que Dieu vous en récompense ! (*On l'entraîne.*)

SCÈNE IX.

VICTOR, PAUL.

VICTOR.

Ce jeune homme me fait compassion.

PAUL.

Nous pensions d'abord qu'il avait perdu la raison, mais non.... Serait-il donc criminel ; il s'est laissé enchaîner sans faire résistance. Quelle que soit sa faute qu'il est loin de souffrir ce que je souffre !

VICTOR.

En offrant des secours à ce malheureux, je me sentais soulagé.

PAUL.

On vient.... Dieu, mon père !....

VICTOR.

Mon père.... aurai-je la force de ne pas mourir à ses pieds de honte et de désespoir !

SCENE X.

—

Les mêmes, SAINT-ALBIN.

SAINT-ALBIN.

Je vous retrouve ensemble mes enfans ; mais où reste donc votre jeune frère ? il semble me fuir ! lui, si sensible à mes moindres peines ! veut-il donc m'abandonner aussi.... vous ne répondez pas.... dans quelle tristesse vous vois-je ? avez-vous quelque nouveau malheur à m'apprendre. Répondez, où est mon fils ?

VICTOR.

Ne vous alarmez pas, mon père.

SAINT-ALBIN.

Ne point m'alarmer et vous ne me dites pas où est mon fils....

PAUL.

Remettez-vous, mon père, et réjouissez-vous des biens que le ciel nous envoie.

VICTOR.

Tenez, mon père, voici de l'or, prenez.... il est pour vous.... nos malheurs vont finir.

SAINT-ALBIN.

De l'or, dites-vous.... gardez, gardez votre or.... c'est mon fils qu'il me faut ; mais répondez-moi donc.... où est mon fils ?

VICTOR.

De ce fils, mon père, vous connaîtrez bientôt toute la tendresse pour vous.

PAUL.

Vous verrez s'il était digne de votre amour et du nôtre.

SAINT-ALBIN.

Qu'est-il donc arrivé ? vous me cachez quelque chose.... oui.... ce silence me tue.... mais par pitié dites-moi donc où est mon fils.... vous ne voulez pas me le rendre, ingrats.... eh ! bien, j'irai le chercher moi-même.... je le demanderai à tout le monde.... on me le rendra, voyez-vous, car c'est mon fils, c'est mon bien.... mon amour.... il faudra bien qu'on me le rende. Je le veux, je le veux.... mon fils, mon fils !

ACTE III.

Le Théâtre représente une Prison.

SCÈNE PREMIÈRE.

Eugène enchaîné sur un banc, d'un côté; Rinaldo de l'autre côté, sans être enchaîné, se tient debout les bras croisés et fixant le plancher.

EUGÈNE (sans remarquer Rinaldo).

Me voici donc plongé dans cet horrible séjour des forfaits.... pouvais-je m'attendre à l'habiter un jour.... cruelle alternative.... fallait-il donc mourir dans la misère.... ou périr couvert de honte.... ô mon père.... mon père.... que l'espoir d'un meilleur avenir pour vous vienne du moins m'aider à supporter la douleur qui m'accable! Je vais subir le sort réservé au coupable, je vais mourir sous le fer du bourreau.

RINALDO (tout-à-coup).

Le bourreau.... Jeune homme vous paraissez bien à plaindre, et vous avez parlé de mourir, je crois....

EUGÈNE (fièrement.)

Qui êtes-vous pour m'interroger?

RINALDO.

Un malheureux comme vous.... hélas! et peut-être bien plus encore!

EUGÈNE.

Plus malheureux que moi.... Vous êtes donc coupable, vous?

RINALDO.

Hélas! je voudrais vous entretenir de mes souffrances; elles sont bien affreuses; voyez-vous.

EUGÈNE.

Quel que soit le motif qui vous amène en ces lieux, quel que soit le châtiment qui vous est réservé.... ah!.... vos souffrances peuvent-elles être égales aux miennes?

RINALDO.

Je ne sais, mais votre sort m'intéresse, l'expression de votre peine me semble si vraie, que je ne puis définir ce qui se passe en moi : je suis touché de compassion... le dirai-je, j'avais besoin de ce sentiment-là.... il me soulage.

EUGÈNE.

Vous êtes donc bien à plaindre ?

RINALDO.

Jugez-en. J'ai des remords.

EUGÈNE.

Des remords.... oh ! oui, je vous plains.

RINALDO.

Vous n'en avez donc pas, vous ?

EUGÈNE.

Mais qui donc êtes-vous pour m'interroger ?

RINALDO.

Je le vois, vous balancez encore à m'accorder votre confiance, eh ! bien, j'en ai en vous, moi. Je veux vous ouvrir ce cœur déchiré.... mon secret me suffoque.... voyez-vous.... il m'étouffe.... j'ai là.... là.... un poids énorme qui me pèse.... une puissance invisible me pousse à la révélation.... je puis mourir après, mais il faut que je parle, il faut que je dévoile toute mon âme.... à vous.... j'en ai besoin, vous dis-je.

EUGÈNE.

Qu'avez-vous donc fait, malheureux, et qui êtes-vous ?

RINALDO.

Un assassin....

EUGÈNE

Un assassin, ah ! retirez-vous, vous me faites horreur.

RINALDO.

Je me fais horreur à moi-même ; mais le remords qui m'accable, l'aveu que je vous fais de mon crime, vous prouvent assez que si mon bras a frappé, mon cœur n'a pas conduit mon bras ; daignez m'entendre et vous jugerez si je ne suis pas encore digne de pitié.

EUGÈNE.

De la pitié : hélas ! puis-je la refuser ! mais à celui qui a trempé ses mains dans le sang des hommes, de l'horreur, rien que de l'horreur !....

RINALDO.

Je comprends toute l'étendue de mon crime ; mais si vous pouviez à votre tour comprendre l'étendue de mon repentir. Jeune homme, ne refusez pas un mot de consolation au misérable qui ne s'en croit pas indigne, ne me repoussez pas.

EUGÈNE.

Ce repentir serait-il donc sincère ? mais que puis-je pour vous, savez-vous qui je suis, ne redoutez-vous pas les suites d'un aveu qui peut vous procurer la mort ?

RINALDO.

La mort ! je ne la redoute plus. Je l'appelle au contraire. Le remords qui m'accable est cent fois plus pesant sur mon cœur que la crainte du bourreau : Je ne vous connais pas, mais cet air calme et serein, ces paisibles et douces larmes du malheur, tout en vous m'annonce que vous êtes vertueux. Non ce n'est pas ainsi que je suis, moi. Mon crime a fait mon expérience.

EUGÈNE.

Parlez donc, malheureux, je vous écoute.

RINALDO.

Brave jeune homme, ce seul mot est déjà un soulagement pour moi. (*Il s'assied*). Je suis le fils d'un honnête commerçant de Versailles. Il y a six mois environ je rencontrai une jeune fille, belle comme un ange. J'appris que son père, riche seigneur, habitait ces environs. Je lui écrivis pour lui demander sa fille en mariage. Il était riche. Il était fier. Il me la refusa. Il fit plus, il envoya son fils à Versailles pour m'ôter le seul bien qui me restât, l'espérance. Je me jetai aux pieds de ce frère, je lui peignis toute ma tendresse, mais en vain ; comme son père, il fut inexorable : n'écoutant alors que mon désespoir j'osai le défier, l'appeler au combat, mais vainement, et le lendemain il avait quitté Versailles, emmenant avec lui mes plus tendres affections ; et moi aussi je partis..., jour et nuit je cours les routes sans pouvoir les atteindre. Enfin, c'était hier, j'arrive, je pénètre chez ce vieillard obstiné. Rien ne peut m'arrêter ; j'entre dans son cabinet, il était seul, je me précipite à ses pieds, je les mouille de mes larmes.... il me rebute encore, il m'offense.... Il veut appeler ses gens pour me chasser.... Alors je perds le peu de raison qui me restait, je n'écoute plus que ma rage, et, hors de moi, je plonge le fer dans le cœur de ce malheureux vieillard. Cependant il meurt et je reviens à moi, hélas ! pour maudire mon crime. Je m'élance par une fenêtre et toute la nuit je marche sans savoir où je vais, ce que je veux, ce que je cherche. Je ne m'étonne que d'une chose, c'est d'avoir conservé assez de force pour n'être pas tombé mort aux pieds de ma victime.

(Ici on entend un bruit de verroux et la porte s'ouvre).

SCÈNE II.

—

Les mêmes, LE GEOLIER.

LE GEOLIER (à Eugène).

Le lieutenant criminel qui me suit, vient pour entendre votre dernière déclaration ; les témoins l'accompagnent.

RINALDO.

Le lieutenant criminel !

SCÈNE III.

—

Les mêmes, LE LIEUTENANT CRIMINEL, PAUL, VICTOR.

LE LIEUTENANT CRIMINEL (à Eugène).

Les preuves contre vous ne sont que trop certaines, je viens cependant entendre de votre bouche l'aveu de votre crime avant de prononcer votre arrêt. Parlez, qu'avez-vous à dire ?

EUGÈNE (fièrement).

Rien.

LE LIEUTENANT CRIMINEL.

Quel est votre âge ?

EUGÈNE.

Vingt ans.

LE LIEUTENANT CRIMINEL.

Le lieu de votre naissance ?

EUGÈNE.

Paris.

LE LIEUTENANT CRIMINEL.

Avez-vous encore votre père, votre mère ; où sont-ils ?

EUGÈNE.

Un père.... oh ! oui, que j'aime bien tendrement.

LE LIEUTENANT CRIMINEL.

Vous aimez tendrement votre père, dites-vous, et vous avez assassiné un vieillard ?

RINALDO (vivement).

Assassiné !

EUGÈNE.

Finissons. Vous connaissez mon crime, faites votre devoir.

LE LIEUTENANT CRIMINEL.

Mais qui donc, malheureux, a pu te porter à cette extrémité, tu es donc né dans le crime ? ton père n'a donc pas de cheveux blancs, lui, puisque ceux du vénérable Dorinville n'ont pas eu le pouvoir d'arrêter ton bras !

RINALDO (plus vivement encore).

Dorinville.... dites-vous. Mais non, vous ne le croyez pas ; ce n'est pas lui.... ce n'est pas lui....

EUGÈNE (dignement).

Faites retirer cet homme.

RINALDO.

Je veux rester, moi ; c'est trop souffrir ! l'heure du châtiment a sonné pour moi, la mort m'attend ! brave jeune homme, cette générosité est inutile, je veux parler ; eh ! bien oui, c'est moi qui suis l'assassin de Dorinville.

EUGÈNE (montrant ses frères.)

C'est moi, vous dis-je, et voici mes témoins.

SCÈNE IV ET DERNIERE.

Les mêmes, SAINT-ALBIN.

SAINT-ALBIN (se jetant dans les bras d'Eugène.)

Mon fils, mon fils.... arrêtez, c'est mon fils !

EUGÈNE.

Mon père !

LE LIEUTENANT CRIMINEL.

De quel droit venez-vous interrompre le cours de la justice ?

SAINT-ALBIN (avec force.)

De quel droit ? du droit qu'un père a sur son fils. Viens, viens, mon enfant, viens dans mes bras, qui osera t'en arracher ! !

RINALDO.

Mais pourquoi prolonger plus long-temps ces saintes alarmes ; je suis coupable, je suis le seul coupable ; qu'on m'entraine au supplice, je l'attends.

LE LIEUTENANT CRIMINEL.

Cela n'est pas possible, les témoins que voici....

SAINT-ALBIN.

Ses frères !! mes enfans !!

TOUS.

Ses enfans !!

RINALDO (avec force.)

Vous balancez encore et ce sont des témoins qu'il vous faut ! eh ! bien, tenez donc, voilà le fer encore sanglant que j'ai retiré du sein de la victime. (*Il jette un poignard sur la scène.*)

TOUS.

Le malheureux !

EUGÈNE.

Je vous ai vu, mon père, et je n'ai plus la force de mourir.
(*Au lieutenant criminel.*) Son repentir est sincère, grâce, grâce pour le coupable.

PAUL ET VICTOR (l'embrassant.)

Que ce moment est encore doux pour nous, mon frère !

LE LIEUTENANT CRIMINEL.

C'était votre frère ! qui donc a pu vous engager ?....

VICTOR (avec calme et dignité.)

Voici, votre or, monsieur, nous ne l'avons pas gagné.

LE LIEUTENANT CRIMINEL.

Je commence à comprendre la vérité. Gardez, gardez cet or, il vous appartient. Ce trait d'héroïsme filial ne peut rester sans récompense, je me charge de votre avenir à tous. (*A Rinaldo*). Quant à vous, dans une heure on vous apprendra ce que vous aurez à faire.

RINALDO.

Il faudra donc attendre encore une heure !!

FIN.

www.ingramcontent.com/pod-product-compliance
Ingram Content Group UK Ltd.
Pitfield, Milton Keynes, MK11 3LW, UK
UKHW020443220726
13923UKWH00005B/2308

9 782019 289256